9 789778 677713

خواطر
سندريلا اليومية المتقلبة

اسم الكتاب: خواطر سندريلا اليومية المتقلبة

النوع: خواطر

تأليف: آلاء الجبيلي

تصميم الغلاف: آية رمضان

التصحيح اللغوى: سلمى سعد

التنسيق الداخلى: بدر صبحي

رقم الإيداع: 2023/14426

الترقيم الدولي I.S.B.N: 978-977-86777-1-3

جمهورية مصر العربية-القاهرة

مدير النشر: أحمد مكى   جهاد محمود

01142340175 – 01208209008

ahmedmakay79@gmail.com

"فضل قيام الليل"

يُقال إن لقيام الليل فوائد كثيرة؛ فهلا نعرف ما هي فؤاد قيام الليل:

- أتعلمون أن ركعتين فقط يوميًا يجعلونك يوم القيامة من أصحاب الكنوز الغالية؟

ألا وهي:

- غرفٌ يُرى ظاهرُها من باطِنُها، وباطِنُها من ظاهرُها؛ حيث أخبرنا عنها رسول الله صلى الله عليه وسلم.

وقال رسول الله ﷺ: *«إن في الجنةِ غُرَفاً يُرى ظاهرُها من باطِنها وباطِنُها مِن ظاهرِها أعَدَّها الله لِمَنْ أطْعَمَ الطعامَ وأدامَ الصيامَ وصلَّى بالليلِ والناس نيامٌ»*..

"مخطئ من ظن أنه اقترب"

ما زال الطريق طويل، ما زلنا نجاهد لاجتناب المعاصي والذنوب، ما زلنا ندعو الله ليغفر لنا أخطاءنا، ها نحن نحمد الله على جميع حوائثنا وسعادتنا ووجودنا، وعلى الابتلاء؛ فإن الله إذا أحب عبدًا وابتعد؛ ابتلاه ليذكره بِسم الله.

صادَفتُ بيتًا - لستُ أعرفُ قائلَهُ — كَتَب فيه:

«فِي رحلةِ العُمرِوَالأيَّامُ مُسرِعَةٌ، لا تنسَ من أنتَ أو مَا وجهَةُ السَّفرِ».

فَأحبَبتُ أن يكونَ هذا هُو تذكيري لكمْ؛ لا تُنسِكُمُ الحَياةُ أنفُسَكُم، وَلا تَدَعُوها تُشَوِّهُ فِطرَتَكُمُ التي فطَرَكُمُ اللّهُ عَلَيها، و أنَّكُم خُلِقتُم مُسلمين بِفضلِ اللّهِ وَمَنِّه، وَلا تَنسَوا أنَّ الحَياةَ سَفَرٌ وَلَا بُدُّ للمُسافِرِ مِن وجهَةٍ يَبلغهَا، وجهَةُ المُسلِمِ الجَنَّة، وَمن رامَ الوُصولَ أعدَّ الزَّاد، ألَا إنَّ خيرَ الزَّادِ التَّقوى.

لا تنسَ:

مَن أنت = مُسلِم.

وجهة السَّفر= الجنَّة.

- لصاحبه.

يقول الإمام الشافعي رحمة الله عليه:

"إذا كُنتَ في الطريق إلى الله فاركض، فإذا صَعُب عليك فهرول، وإذا تعبت فامشِ، فإن لم تستطع فسِر ولو حَبوًا ولكن إياك والرجوع"

ويقول الإمام الألباني رحمه الله:

الطريق إلى الله طويل، ونحن نمشي فيه كالسُلحفاة، ليس المهم أن نصل، المهم أن نموت على الطريق.

خواطر سندريلا اليومية المتقلبة ♥

الطريق إلى الله طويل، ونحن نمشي فيه كالسُلحفاة، ليس المهم أن نصل، المهم أن نموت على الطريق.

لن يضيعنا فهو ملجأنا

عندما تأخذك لحظات الخذلان، ردد هذا الدعاء؛ فهو مريح للروح، ومهدئ للقلب، ها نحن نردد لنأخذ مقدارًا أكبر من الراحة التي مصدرها هو الله وحده:

فاللهم إنا نستودعك مستقبلًا لا نعلم خفاياه ولكننا نعلم أنك خير مدبر، وخير من أودعت له الودائع، فاجعل القادم أجمل مما مضى".

اللهم آمين.

"للتوبة لذة أخرى"

ما زالت تراودني أيامي، هل سيكون كل شيء على ما يرام؟

ولم أدرك أني ما زلت على قيد الحياة، وأن الله قد أمهلني ولم يقبض روحي، و أنا لم أتب عن ذنبي، ولم أرجع له؛ فكيف لي أن أحزن وما زال هناك الوقت الكافي للرجوع والتوبة؟!

فاللهم لا تقبض أرواحنا إلا كما تحب أن نكون

"وجودك خيرٌ يا نور العيون"

كثيرًا ما أغضب أمي، وأدعوها بأنها لا تحبني وتفضل وتفضل بيني أنا وإخواتي، وأرفع نبرة صوتي كثيرًا من الأوقات، حتى صادفني في حفظي للقرآن قوله تعالى:

"ولا تقل لهما أف ولا تنهرهما وقل رب ارحمهما كما ربياني صغيرا"

فُقت مع نفسي، وقفت حقًا، وبكيت من شدة حزني، ودعوت الله كثيرًا أن يغفرلي ذنبي في حق أمي، وأن يعينني على طاعتها، ومنذ ذلك الحين وأنا لم اجعلها تنم وهيا غاضبى؛ فقد جاء عن أبي هريرة رضي الله عنه قال:

جاء رجل إلى رسول الله صلى الله عليه وسلم فقال:

يا رسول الله، مَنْ أحقُّ الناس بِحُسن صَحَابَتِي؟ قال: «أمك»، قال:

ثم مَنْ؟ قال:

«أمك»، قال:

ثم مَنْ؟ قال:

«أمك»، قال:

ثم مَنْ؟قال:

أبوك.

فكيف تغضبها وقد وصى الله ورسوله على برها؟

رفقًا بهن؛ فقد عانوا الكثير؛ لكي تكون كما أنت الآن.

الله معنا ولن يضيعنا

كيف لا نؤمن بالله في كافة تقلاباتنا اليومية والمزاجية الغير منتظمة، يكافئنا بأشياء لم نتوقعها؛ إما زيادة في الأجر، أو غفر ذنب لنا، ومن عظيم لطفه أنه يراكَ مُبتسمًا؛ فيكتبها لك أجرًا، ويراكَ موجوعًا فيغفر لك ذنبًا، وما بين الأجر والذنب؛ أنت مُحاطٌ بعين اللطيف دومًا.

كرم الله لا يُعوّض

لا تنظر إلى أحد في رزقه؛ سواء شغل أو صحة أو حب، أنت متعرفش هو تعب قد إيه عشان ربنا يكرمه ويكون في المكان ده حاليًا، وإن ربنا عوضه غالي وجميل جدًا.

رفقًا بشابٍ أراد حلالًا

والله أننا أصبحنا في زمنٍ يحل الحرام ويحرم الحلال، ليتنا كنا في عهد الرسول صلى الله عليه وسلم أو الصحابة رضي الله عنه؛ كانوا يحلون الحلال؛ فأصبح الحرام صعبًا، أما في عهدنا هذا أصبح الحرام يسرًا؛ فأصبح الحلال صعب المنال، في عهدنا عندما يتقدم فلانًا لخطبة ابنة فلان ويكون ذو خلق ولكن يعيبه فقره؛ فيقابله الأغلب — إلا من رحم ربي — بالرفض، وعندما يتقدم شاب فاسق ومتعارف عليه بين الأشخاص بأنه ليس حسن الخلق ولكنه غني ومعه أموال؛ فيقابل بالموافقة لشدة غناءه الفاحش؛ فيقولون:

لا مشكلة؛ سيهديه الله

لماذا لا يُقال على الفقير سيغنيه الله؟

أليس الهادي هو الرزّاق؟

ما لكم كيف تحكمون؟

رب الخير لا يأتي إلا بالخير

يا الله، أنت أعلم بي؛ فاحفظني، ولا تقرب لي ما لا خيرًا لي، إلٰهي، أقبل بكل ما جاء من عندك؛ فأنا أؤمن أن كل ما هو من عند الله فهو خير؛ فرب الخير لا يأتي إلا بالخير، وأؤمن أنك ما منعتني من أمرٍ إلا رحمة بي، و أنك ترأف بنفسي التي هي ملك لك، وأؤمن أنه لو كان خيرًا لأتى، لو كان خيرًا لبقى، لو كان خيرًا لحدث.

فاللهم لك الحمد كما ينبغي لجلال وجهك ولعظيم سلطانك.

لا تتعلق بدنيا فانية

الخسارة الحقيقية ليست خسارة الأموال أو الأصدقاء، ولا الأشخاص عامةً ولكن الخسارة هي أن تكون جنة عرضها السموات والأرض ليس لك مكانًا بها؛ لذلك اسعَ إلى الآخرة؛ فقط لا تتعلق بدنيا فانية ليس لها معنى.

الابتلاء يغفر الذنب

كنت أظن دائمًا أن لا أحد مبتلى مثلي، و أنني الوحيدة المبتلية وكثيرة الحزن، وغالبًا ما أقول: لماذا أنا؟ هذا فلان بخير، وهذه بخير، و أنا دائمًا المنع عند الدعاء، ودائمًا ما أحزن دون سابق إنذار. حتى سمعت قوله تعالى:

﴿وعسِى أنِ تكْرهوا شيئًا وهو خَيِّرٌلكْم﴾

فطابت نفسي واستقامتُ، فيا ربي حبل الوصال بيني وبينك هو الأمل.

قال تعالى:

(وعسى أن تكرهوا شيئًا ويجعل الله فيه خيرًا كثيرًا

"صديقة صالحة"

صديقتي العزيزة، مؤنستي الغالية التي هي بمثابة منزل عند الضياع، بمثابة أمان، صديقتي الغاليه التي لم أكن أعلم أن تركك لي سيدمرني، عندما كنت في وقت المرض، لم أذكر غيرك، ولم أرد أن يكون بجواري غيرِك، كنتِ لي بمثابة أخت؛ فأنتِ زهراء حياتي كلها، ونوري عند الظلام، والله لو جلست أتحدث عنكِ طوال الوقت ما وفيتكِ حقك؛ فأنتِ أختي وليست صديقتي، أنتِ من كان برفقتي عند السعادة والحزن.

فاللهم لك الحمد؛ فصحبة الصالحين تصلح، وأنا أريد الصلاح.

"اللهم اجعلني خفيفة الظل"

الخوف يا صديقي ليس من الموت؛ فهو حقيقة مُسلَّمُون بها ولكن الخوف أن تنسى بعد مرور شهر من دفنها ولم أجد من يخرج لي صدقة جارية، ولا يقرأ القرآن على روحي و أنتم تعلمون أنني أخشى الظلام، ولا أريد أن أبقى بدونكم أو بدون دعائكم، أتمنى أنه إذا حان اللقاء بالله، صاحبتني دعواتكم وتلاوتكم القرآن لي؛ فهذا انا قد رحت ولكن كنت ذات يوم ذا أثر في نفوسكم.

اجعل بداية يومك توبة

لماذا تحمل هم الغد والله مدبره؟

لماذا تبكي على الماضي والله غافره باستغفارك؟ لماذا تنزعج من الحاضر والله واقعه؟

لماذا لا تدري أن جميع أمورنا بيده وحده و أننا نعمل جميعًا لرضائه؟

فاللهم إننا رضينا بكل ما قسمته لنا من الأقدار، فاكتب لنا من الأقدار أجملها وأحسنها ولكن اجعل بداية يومك توبه، وقل:

"لا إلٰه إلا أنت سبحانك إني كنت من الظالمين"

الصدقه ترفع البلاء

عندما تزاحمك الدنيا استغفر ربك، وعندما تشتد ازدحامًا تصدق؛ فالصدقه ترفع البلاء، وتغير الأقدار، وتيسر الأمور، وتحقق المعجزات.

قال تعالى: وما تفعلوا من خير يعلمه الله.

فالله سبحانه لن يضيعنا.

"جبر ربي أعظم"

لقاءك كان لي منحة من ربي ليخبرني أنه الجبار؛ أي أنه سيجبر بخاطري وروحي، وأن عوضي عما مر كان أنت.

"قدرة الله أعظم"

الحب قدر والقدر يكتمل، ماذا إن كان أول عهدنا بمن نحب هو بارك الله لكما وبارك عليكما، حين يكون أول العهد لنا هو أن أكون لك وتكون لي بتقدير من الله تعالى، وأن نكون سويًا إلى نهاية المطاف؛ فلتكن لي ملكًا، وأكن لك أميرة

ما أبشع كسر الخواطر

لم تكن الليلة الأولى التي يُكسر بها خاطري ولكنها كانت الأكثر إيلامًا.

ألفة القلوب

في بعض الأحيان نعيش مع أناس ولكن لم يكن لنا بداخلهم ولو ذرة من الحب، ولكن بعض الأحيان نأنس بالبعض لمرة واحدة ويكون بمثابة وطن لنا ويكأننا اجتمعنا منذا أعوام وأعوام، وهذه هي ألفة القلوب، وكم من قلبٍ اجتمع وكان التنافر سيد القضيه، وجمع من قلب التقيا وكان الحب سيدهما من أول لقاء.

"وجودك مكسب أيامي"

الحياه إما مكسب وإما خساره؛ وكنت أنت مكسبي ومنقذي من خسارتي القادمة.

"الحنية تسرق القلوب"

حبُك لم يكن أمرًيسير الاعتراف به ولكنك كنت بارعًا في سرق قلبي حتى أصبحت أنت قلبي.

كلماتك تشعرني بالأمان

لو تدري كم الشوق الذي يعتريني عند عدم محادثتك؛ والله ما تركتني لوهلة واحدة.

"لا تخذلني"

الحزن إما ضيق صدروإما وجع قلب، وما أبشع وجع القلب! فلا تخذلني.

"أنت قدري"

الراحة قدرٌ، وأنت قدري من الراحة.

فطوبى لي

الحياة قدر، وإن كنت أنت قدري؛ فطوبى لي.

"ستنير أصابعي"

تدري كم السعادة التي يحظى بها قلبي لمجرد أن دبلتك ستكون بأصبعي، منذ اليوم أعلم أن خطبتنا منذ وقت سابق ولكن اليوم ستنير أصابعي بوجودها.

"سر سعادتي أنت"

اليوم جاء وبوجوده أصبحت ابتسامتي تنير قلبي قبل وجهي؛ فاللهم كما كان سبب سعادتي، ارزقه سعادة أضعاف مضاعفة..

"اللهم أعنّا على مستقبلٍ لا نعلم خفاياه"

اليوم خطبتي؛ مرتبكة بعض الشيء ولكن سعادتي تفوق ارتباكي؛ فأنا أراه عوضي من الله عما مضى؛ فاللهم أعنّا سويًا على مستقبلٍ لا نعلم خفاياه.

"سوء الظن"

موضوع إنك تحس إنك مكنتش تستاهل كده من أكثر الحاجات المحزنة في العالم.

"فلتكن لي سندًا"

تلامس قلبي أحزان من الماضي، وعند كل مرحلة كنت أفتقد أحدًا؛ أعتقد أنه الأمان ولن يزول، لكن ها أنا لم يمكث مع سوى أبي وأمي وعمي وزوجته، هم من كانوا لي سندًا بعد الله؛ فاللهم كما كانوا لي سندًا، كن لهم سندًا وبارك لي فيهم.

دمتم لي حياة لا تنتهي.

"الجميع مبتلي والقليل يحمد"

كلّ منّا مبتلي بشكلٍ ما؛ فاللهم أعن كل ذي وجع على وجعه وكن له العون.

"في وصفك أبدع"

وأما عن هدوءك؛ فلا معاني تُكفيك، وأما عن عيونك؛ فلا حزن يليق لك، وأما عن ابتسامتك؛ فلا يجوز إبعادها عنك، وأما عن وصفك؛ فأنت أمان واكتفاء والداء والدواء والراحة عند المرض والفرحة وقت الضيق، وأما عن قلب؛ فجفت أقلامي عن التعبير عنه؛ هو مثل الثلج نقي ولكن لن يذوب إلا بحب رسول الله (صلي عليه وسلم)

وأما عن استدامتك؛ فهي نعمة لمن حولك.

دمت متألقًا.

"مناجاة الظلام"

أنا أمكث بمفردي في الظلام، لا رفيق ولا أصحاب، ها أنا لا أجد درجات أتخطاها لأخرج من وحدتي، لكن طوبي لي؛ فمن سيفتقد وجودي، هل من أحد ينتظر وجودي؟

هل من أحد يرِدَني؟

ها أنا أجمعت بقايا الحطب لكي يشتعل ويؤنس وحدتي؛ فليس لي صديقًا في ظلامي غيرهُ ولكني أنا لم أحسن له هو الآخر، فها أنا أقوم بأشعاله ليضيء الظلام.

"ما أجمل الحياة"

عندما نجتمع بأشخاص يكونوا بمثابة وطن، والأهم أن يكون سندًا وونسًا، ويكون الأمان هو السائد في العلاقة.

الحب ليس كلمات تقال؛ بل إحساس يوصف، وقلب يدقق، وروح تجتمع، وعيون تعشق، ونبض يفيض من الدقات عندما نلتقي، الحب أمانًا واكتفاءً والداء والدواء.

"نور أضاء وجوده أيامنا"

اليوم رُزِقنا بمولود جديد أضاءت الوجوه بقدومه؛ فاللهم أنبته نباتًا حسنًا، واحفظه بحفظك.

إبراهيم، اللهم قر أعين أمه به؛ فكن معه، وكن سندًا له فأضاءت الوجوه بوجوده

"اليوم بت وتغمرني دموعي"

ويئن قلبي من الحزن، كيف أن يحزن وأكون أنا سبب حزنه؟

ولكن لِمَ لم يتفهم أنني وربي لم أكن أعني ما وصل إلي عقله؟

فأنا أخشي أن يشعر بحزن مهما كان، كيف أن أكون سبب هذا الحزن؟

أبي

كيف لي أن احزن و أنت بجواري؟

كيف لا أحلق في سماء السعادة و أنت معي؟

والله تخونني أقلامي عند كتابتي عنك؛ فأنت من كان يذهب مشارق الأرض ومغاربها؛ لكي توفر لنا سبل الراحة.

أبي، يا نبض فؤادي وضي عيوني؛ ليعطيك الله من السعادة والخير الكثير والكثير، ويبعد عنك كل سوء.

"أمي"

والله إنكِ تعاني من أجلي ولا تفصحي عن معاناتك؛ لكي أكون سعيدة؛ فاللهم ارزق أمي قدرًا من الفرحة التي تنسيها بأسها

"أمي يا قمري"

رفيقتي ومؤنستي، يا من سهرتِ من أجلي الليالي، يا من عانيتِ عندما مرضت، يا من بكيتِ لبكائي، كيف لي أوفيكِ حقكك بكتاباتي و أنتِ الحنان وقت الحزن؟

دمتِ لي حياة لا تنتهي يا تاج الرأس وضي العين ونبض الفؤاد.

أبي حبيبي بلا شبه، ورفيقي الذي لن يضلني أبدًا الذي كلما احتار عقلي في استيعاب أمرًا ضروري ياض كنت أنت ملجأي بعد الله، والله إنك لنا لستُ أبًا ولا حبيبًا فقط، أنت لنا الصديق الذي بمثابة المرشد الذي لن يضل طرقي أبدًا.

"ولصوت أبي متعة أخرى"

اليوم جاء أبي من الخارج، وكالعادة يدعوني "لؤلؤه": أين أنتِ يا فتاتي.

فألبي نداءه: ها أنا أبي، أنتظر قدومك يا روح فتاتك، لِمَ كل هذا التأخير؟

فيقول لي: تعالي إلى أحضاني يا روح أبالكِ؛ فأنتِ وحدكِ تعلمين غلاوتكِ بقلبي.

فأقول: أحبك أبي، أدعو ربي أن يبارك فيك، ويحميك، ويُديمك لي سندًا بعد الله.

شقاوة بمثابة سكاكر

اليوم أول يوم يناديني ابن أختي "يا لولو" والله إن قلبي يرفرف من السعادة بهذه الكلمة.

ماذا نداني؟

أنداني "لولو" حقًا؟

وربي أن قلبي ينبض بشدة من السعادة.

اللهم احفظه و أنبته نباتًا حسنًا وبارك فيه يارب العالمين.

تذكرك لي وحده يكفيني

اليوم أتاني أحمد بفانوس رمضان، والله إن مجرد تذكره وإرساله لي مع أختي وفوانيس الاطفال، جعلني أذوب من السعادة، فاللهم كما كان سبب سعادتي، أعطه منها أضعاف يا الله.

"بحورٌ من الآلام يذوب بالحنية"

وفي قمة انهزامي لا أحتاج سوى ضمه وكلمة، سيكون كل شيء على ما يرام وقتها فقد سأعود كما كنت و أفضل.

"وجودهم متعة ونعمة"

اليوم عيد الفطر، جاء أحمد وابغي وأمي، وما اروع وجودهم! فأبي برغم عدم محادثته كثيرًا إلا أنني أشعر بلين قلبه وطيبته، وأما أمي؛ فهي منبع سعادة وفرحة تتلألأ على الارض؛ وجودها بمثابه فرحة وأمان، فاللهم أعنّي على إسعادهما جميعًا وفان أكون فخرًا لأهلي.

"إنه سر ابتسامتي"

لا أعلم ماذا عليّ أن أفعل سوى الانتظار المبهم، لا أفهم هذا الغامض بعض الشيء ولكن سرعان ما أتناسى فضولي عندما أحدثه و أنشغل معه في الحديث والضحك، وأدعوه بالرخم، و أكره أن أشعر بحزنه، وتبتسم عيناي عندما أعلم أني سبب زوال حزنه.

الراحه تعني وجودك

الحياه بوجودك سعادة، والراحة تعني وجودك، والجمال يعني ابتسامتك، دامت ابتسامتك يا عنوان سعادتي.

"كلماتك تدخل أعماق قلبي"

لا تعاملني بجفاء؛ فجميع كلماتك تدخل في أعماق قلبي.

"جمال الاخلاق أعم"

الجمال جمال الروح والأخلاق وليس جمال الوجوه؛ فاللهم كما أحسنت خلقي اغحسن خُلقي.

"صباح الخير"

لوزعلت على اللي فات وعشت فيه، مش هتفرح باللي جاي؛ فعيشها بسعادة.

"حزن الروح"

اعتني بروحي؛ فوالله لاقت من الأوجاع ما يكفيها؛ فلا تكن ظالمًا لها.

"يعطينا على قدر استطاعتنا"

ما يجعلني أتقبل الابتلاء هو إحدى المقالات التي قرأتها ذات يوم:

"الله لا يعطي أصعب المعارك إلا للأقوى جنوده؛ فالحمد لله على كل شيء.

قتل القلوب أوعر

من قتل طلاقات الرصاص.

"سأتقبل الصراع معك"

وما القلوب للقلوب إلا اكتفاء، وما حبي لقلبك إلا دواء، أصبحت لي روحًا، وقبلت تقلبات الحياة معك، سأتقبل الصراع معك إلى أن نجتمع سويًا بمنزلٍ واحد، ونقول كان صراعًا طويلًا ولكن فزنا.

"فقدان الشغف أبشع"

أجلس الآن في غرفتي منفطرة من البكاء رغم وجود لعبتي التي بت أتمناها أيامًا و أيام، ولكني الآن فاقدة للشغف، ما أبشع أن يأتيك ما تتمنى و أنت في قمة انكسارك

"فارس أحلامي"

منذ أن التقينا وتأكدت أنك ستكون فارس أحلامي الذي لن أُهنّى بدونه، أصبحت مشاعري تأخذني لك دون أي سابق إنذار مني، لو كان الأمر لما تركت لك قلبي وروحي سويًا، كنت وضعت خطة لوقت الرحيل والفراق، ولكن أعلن قلبي القرار الحاسم أن لا فراق بيننا، ويومًا ما سنكون نبكي فرحًا وسعادة بمولودنا الأول وقرة أعيننا.

"الصديق الحقيقي"

هو الذي لا يتركك، والذي يكون بجوارك عند المرض، والذي يصبح لك سندًا وونسًا، والذي تأنس برفقته وتسعد عند الحديث معه، الذي يصبح سرك سره وأَمَلَك أَمَله، وتكونون مع بعض في الحزن قبل الفرح.

"الغاية من الزواج هي الأُنس"

عقلٌ بجوارِ عقل، وقلبٌ مربوطٌ بقلب، ويدٌ تُداوي، وروحٌ تُعين، ونفسٌ تَطمئِن لها، وتتناسى الدنيا بجوارها، الزواج ليس كلمة بارك الله لكما وبارك عليكما؛ الزوج الحقيقي هو عندما يجتمع اثنان بتوفيقٍ من الله عزوجل، الزوج الصالح رزق وذرية صالحة يهديها الله لمن يشاء.

"أمي كيف أخبركِ أنّكِ وردة"

وسط الأشواك لم أتخيل في يوم أني سأتحدث عنكِ بكم هذا الحب، كنت أعلم أنني أحبك ولكن بهذا القدر لم أكن أعلم؛ فكيف لا أحبك وأنتِ من كانت الجنة تحت قدميكِ؟

كيف لا أحبك وأنتِ من كان مساندي عند أول خطوه أخطوها؟

أنتِ من سهر بمرضي، وبكى لبكائي، وحماني من المخاطر عند الصغر.

أحبك يا زهرة البنفسج الذي تعطي البريق لحياتي.

"الاكتئاب ليس كما يعتقد البعض"

الاكتئاب الحقيقي أني أجلس وحدي في حجرة مظلمة وأحزن.

الاكتئاب الأكبر أنك تستمر بحياتك بشكل طبيعي؛ تأكل وتشرب وتذهب لعملك وتعيش حياتك، لكن داخلك تكتم أنين حزنك وتذهب للنوم، ومن ثم تكمل روتين حياتك ولكن دون شغف.

"وحي خيال"

سلامٌ على من كان للقلب غصة وللروح ألم، سلامٌ لمن ترك الفؤاد ولم يبالِ، سلام لدموعي المنسكبة من عيناي شوقًا إليك، سلامٌ لكل أوجاعي؛ سيهوّن الله حملك، ويريح قلبك، سلامٌ لمن كان مصدر سعادة واليوم أصبح مصدر البكاء المرير الذي لا محال من التخلص منه، سلامٌ لكل حبيب أكمل النهاية، وسلامٌ على كل من فارق وكان الموت أمله للتخلص من الجراح، فسلامٌ على كل حلم بسيط ولم يكتمل، وسلامٌ على كل روحٍ هاجرت ولم يكن الموت ملجأها

"لا تبتعد عنّي"

فعندما أُمسك، تذوب آلامي وجراحي، أنت أماني واكتفائي، لا تترك القرار لعقلك، لا تجعله يقسى، كيف لي أن أنساك و أنت الروح والراحة؟ أصحبت لي حياةً وروحًا، أصبحت مسكني الذي لا يمل ولا يشتكي من أوجاعي؛ أنت ألاب بلا خلفة والسند، أبت روحي أن تذهب إلى آخر؛ فأنت من أكرمها وجعلها تحلق في سماء الحب، ليت لقلبي نصيبٌ في اكتمال السعادة؛ فحينها سأكمل باقي عمري بجوارك وبين أحضانك، الحياة بدونك لا معنى لها، الموت بجوارك أكبر لذه لي؛ لأنك آخر عيون ستلتقي بها عيوني قبل التحليق في السماء معشوقي، أحضانك هي الأمان والراحة، لا تبتعد عن قلب عاشق؛ قلب ينبض من أجلك.

وربي إن الاوجاع معك لتهون.

"مَن الفائز اليوم؟"

في المساء يهدأ كل شيء عدى عقلي وقلبي؛ فهم يتخذوه للنقاش والتنافر.

"أرواحنا تحتاج لهدوء"

لا نحتاج الفرح بقدرما نحتاج للسكينة؛ لذا سيظل الماضي ذكرى جميلة نهرب إليها من عناء الحاضر لتُسكن تشتت أرواحنا.

"لا تتعلق"

- أفضل شيء ممكن تعمله إنك تحافظ على مسافة كافية بينك وبين الناس؛ عشان تفضل تشوفهم حلوين، لأن الأشخاص من بعيد دايمًا أحلى.

"انشغاله أكبر راحة"

وفي ضجيج النهار يتنافر كل شي سوى عقلي الذي يهدأ بانشغاله..

"ستكون أول خياراتي دائمًا"

سأختارك دائمًا حتى في الأيام التي لا نفهم فيها بعضنا البعض؛ ستكون خياري الأول والأخير.

"ليتني مثل الرياح"

فهي تكون في كل مكان، وتهب أينما شئت، ولا تحتاج سوى موسمها.

"أسباب سعادتي أهلي"

حزني، مثل بركان يود الثوران ولكن تمنعه العوامل المجاورة و أنا عوامل منعي هم أهلي.

"منبع سعادتي أنتم"

فالحياة بوجود أبي وأمي وإخوتي لها معاني أخرى إلا وفي السعادة.

"بعضهم درس"

يشاء القدر أن يدخل أناس كثرة داخل حياتك؛ لكي يُعلمك بأنه ليس كل من يدخل حياتك يحبك، هناك أشخاص يدخلون حياتك لأسباب تخصهم:

- فمنهم من يحبك لذاتك ولا تدري أنت مقدار حبهم، وعندما يذهب أحدٌ منهم من المحتمل أن يكون ذهابًا بلا عودة. — ومنهم من يدّعي حبّك لأمر آخر ألا وهي المصلحة، هؤلاء عند انتهاء ما يريدون لن يكونوا بجانبك وسيتركوك عند أول خطأ وبلا عوده؛ فانظر لمن حولك وتعمق في النظر؛ لكي لا تخسر أشخاصًا أحبوك بصدق، ولا تتركهم يهاجرون بعيدًا أو يتركوك بلا رجوع؛ من الممكن أن يكونوا ذهبوا من حياتك وهم على قيد الحياة.

- ومنهم من أخذه الموت ولم يعد على قيد الحياة؛ فانظر حولك جيدًا واعلم من يبقى بجوارك لأنه يحبك ولا تدعه يذهب، ومن تتأكد أنهم يدّعون حبك؛ فدع لهم باب الخروج مفتوحًا.

- وهناك صديق سيكمل معك ويكون بمثابة وطن وصديق، سيكون لك درسًا ويجعلك لا تؤمن إلا لمن هو أهِل للأمانة.

تأكد من صفاء قلوب من في حياتك؛ لأنك ستتألم كثيرًا إذا انخدعت بعد التعود على هذه الأشخاص.

"الاختيار الصحيح يديم السعادة"

لا تنخدع في الأشخاص، ولا تثق في أحد لأن الحب ليس كلمات تقال؛ الحب أفعال، الحب أمان، الحب مسؤولية، لا تختَر خطأ وتدّعي أن الجميع كاذب، لِمَ تختار؟

لا بد أن تحكم قلبك وعقلك، لا تعطي لعقلك المساحة الأكبر في الاختيار؛ لأن العواطف كثير من الأحيان تكون كاذبة؛ لذلك لا بد أن نأخذ حذرنا ونتعلم أن قلوبنا النقية لا تستحق أن تتألم ولا تتهاون، لا بد أن نحافظ على كرامتنا، لا بد أن نكون على يقين أننا لسنا ضعفاء؛ نح قادرون على أن نتجاوز الصعاب وحدنا، نحن لا نحتاج أناسًا تعيش معنا اللحظات السعيدة فقط، نحن نحتاج أناسًا تسند ظهرنا حين يميل، نحتاج إلى من يمسك أيدينا ويطمئنّا ويأخذ بأيدينا للجنة، نحتاج حد يعيننا على الطاعة، نحتاج إلى ذلك الذي لا نخاف معه، لا نخف أن نكشف عن قلوبنا الحزينة أمامه، لا يفارق ولا يبعد، نحن فقط نحتاج إلى من يزرع فينا شعور أننا مرغوب فينا، شخصٌ يداوي أوجاعنا ويطيب خاطرنا، شخص يكون على علم أننا نحتاج إلى معاملة خاصة.

اللهم رفيق للروح لا يميل ولا يمل أبدًا.

"نحن لا نعرف قيمة بعضنا إلا في النهايات"

أن تقدم وردة في وقتها خيرٌ من أن تقدم كل ما تملك بعد فوات الأوان، أن تقول كلمة جميلة في الوقت المناسب خيرٌ من أن تكتب قصيدة بعد أن تختفي المشاعر، أن تنتظر دقيقة في الوقت المناسب خيرٌ من أن تنتظر سنة بعد فوات الأوان، أن تقف موقفًا إنسانيًا عند الحاجة خيرٌ من أن تقدم مواساة بعد فوات الأوان.

لا جدوى من أشياء تأتي متأخره عن وقتها؛ كقبلة اعتذار على جبين ميت.

"رفيقي الآن قلمي"

أجلس في غرفتي أجمع أقلامي لأكتب ما بداخلي ولكن لم أكتب؛ بل خانتني دموعي وارتفع صوت بكائي وزاد نحيب صوتي وازدادت أوجاعي وهمومي، ولم يكن لي ونيسًا سوى الله وحده، لا أحباب ولا أصحاب ولا شيء سوى سجادة صلاتي ومصحفي؛ فحمدًا لله على نعمة الإسلام.

"سرابتسامتي أنت"

جميلٌ أنت بكل ما تحمله الكلمة من معاني للجمال، كقمرٍ في منتصف أغسطس يضيء عتمة أيامي، قوي الطباع ولكن تجمعت كل ما في العالم من حنية بقلبك أنت، لديك عينان تجعلني اذوب عشقًا لك تعجز أحرفي عن وصفها، كل الحب إلها ولصاحبها، كل الود والوصال لمن أعاد لروحي رونقها واغعاد لقلبي النبض، كل الفضل لمن جعلني كل شيء بعد أن كنت ولا شيء؛ هو فقط من استطاع إحياء شغفي للمُغازلة؛ فأنا بوجوده أرى العالم أجمل وفي أبهى صوره؛ فالنظرة له تجعلني أبتسم دون سبب، بكل بساطة جاء ينتشلني من عتمة الخوف إلى أضواء الأمان؛ والأمان في قاموسي هو وجوده بجانبي.

"ما أبشع حزن الروح!"

للحزن أنواع:

- ما هو مرهق للجسد، وهذا لا بأس به.

- وما هو مرهق للقلب، هذا أيضًا لا بأس به.

-وما هو مرهق للروح؛ وهذا أبشع من الموت ذاته.

"خالتي وأم رفيقتي"

إن كتبت عنكِ كأم، فقط سأظلم وصفك كأخت، وإن تحدثت عنكِ كأخت، فقد ظلمت وصفكِ كصديقة؛ فوربي لم تكوني لي شخصٌ فحسب؛ بل كنتِ الأم والأخت والصديقة والخالة التي تخشى على تعب أبناءها؛ فهلا عرفتم من هي تلك صفات حبيبتي وأم صديقتي العزيزة؛ مؤنسة أيامي ورفيقة دربي التي لا أُهنأ إلا بوجودها، ولا فرحت لي إلا بسعادتها، ولا ابتسامة تكتمل بدونها. فاللهم كما كانوا لي مسندًا لأيامِي، فكن لهم سندًا طوال مشوار حياتهم.

"صديقتي وزهرة أيامي"

إنّكِ زهراء و أنتِ لي زهرة حياتي، أحب وجودك كزهرة البنفسج الذي أعشقها، وأكره غيابك الذي يجعلني أشعر ويكأنني وحيدة بائسة؛ لا روح ولا حياة، فقط جسدٌ يمشي علرالأرض.

فاللهم أدِم الود والوصال بينا إلى نهاية المطاف؛ فلتكوني لي رفؤقتي للمشيب.

"الحزن يجعلني أتجمد"

أشعر بتجمد في جميع أطرافي، لا أعلم أهذا من شدة حزني أم هو شيء آخر.

فاللهم انت وحدك تعلمه؛ فارحمني برحمتك؛ فقد أخبرتنا أن رحمتك وسعت كل شيء.

"وجع القلوب"

لو كان لوجع القلوب اسم؛ لسمّي بالدمار الكامل؛ فرفقًا بقلوبنا.

"فراقك متعبٌ"

فمنذ اليوم الذي لم أستيقظ به على صوتك؛ بقت أيامي ليلًا، ولم تشرق شمس حياتي.

ومن قال إن الفراق يُنسَى؛ فكلما ازداد شوقي لك، ازداد حبي لك الضعف.

فاللهم احفظ أخي أينما كان، واهدي روحه.

دمت بخير يا أخي.

"أرغب في أن أكون معك الآن"

بأن تموت المسافات والالتزامات، أتمنى لو أمتلك حيلة تأتي بك إليّ أوتأخذني إليك؛ فقد أصبح وجودك أهم من نبضاتي.

"أمي، وجودك ينيروجوهنا"

كلمة واحدة تعني الكثيروالكثيرلنا، أمي تضيء أيامي بوجودك؛ فأنتِ شمس أيامي وقمر ليالي الذي بدونكِ لا سعادة تكتمل، ولا فرح يدوم، يا من قال ربي عنكِ أن الجنه تحت قدميكِ؛ فليديمك الله لنا، فأنتِ من تحمل الكثير من أجل سعادتنا، أنتِ من تركتِ ابتسامتك لتري بسمتي أنا وأخوتي.

حفظ الله وجودك، وحفظ أبي الذي هو درع الأمان لنا بعد الله، الذي بوجوده لا أحد يجرؤ على إزعاجنا أو إحز اننا؛ فلتكونوا لنا أنتم بخير؛ نعيش نحن بخير.

"أنت سعادتي"

أحدهم يحاول إهدائي السعادة ولا يعلم أنه أجمل هدايا القدر.

"أمي جميلة قلبي"

ومؤنسة وحدتي ورفيقة مشواري منذ يومين الأول، الذي خلقني الله بها في أحشائك إلى أن أصبحت على ما أنا عليه، حبيبتي وروحي، أتذكر مناوشاتي معكِ الكثير، وحبكِ لنا الأكثر، ولكني أتذكر كيف عندما كنت أبكي، كنتِ تقولين لا بأس يا صغيرتي، لا تبكي فرب الكون لن يضيعنا.

"دكتورتي وشبيهتي"

ماذا أكتب عنكِ وأنتِ حسنة الطباع، خفيفه الظل، ورفيقه حسنة، وجالبة الابتسامة كما تقول عنكِ أمي الغالية؛ فلتكون بسمتك عنوانك يا دكتورتي الغالية، أدام الله عليكِ نِعَمُه، وزادكِ من فضله وكرمه.

"زهرتي ومعلمتي"

تعشق أخواتها، وتُسمّى أحيانًا أمَّا لأروى ولولو قوية الطباع، ولكن يملأ قلبها حنية الدنيا، تحب الورود وتعشق تجمعها مع أختها الكبرى.

دكتورتي، فليديم الله وجودكم ويحفظكم وتكونوا دائمًا حصني الآمن.

وجودك يكفيني

وجودك يجعلني أشعرويكأنني أمتلك سعادة العالم أجمع.

"أختي وغاليتي"

أنتِ لستِ فقط أختي الكبرى، ولكنك أمي الثانية، أول من حملني بعد أمي، أول من أطعمني، أول من ألبسني بعد أمي، أول من طاف بي هنا وهناك لإهدائي عند انشغال أمي، أنتِ من كنتِ وما زلتِ تقولين أنني وحدي أستحوذ على الجزء الأكبر في قلبك عن إخواتنا.

بقدر حبك لي وحبي لك أدعو الله أن يعطيكِ أضعاف من السعادة يا مؤنسة أيامي منذ نعومة أظفاري.

"أمي الثانية"

بسمتك تشع أمانًا واطمئنانًا لمن حولك، تملأين المنزل دفئًا، وجودك وحده يجعلنا جميعًا بخير وسعادة، ودخولك منزلنا يجعلني في قمة سعادتي، فاحتضانك وحده يشعرني أنني لن أشعر بالغربه بتاتًا.

ربي يديمك لنا جميعًا.

"سومة العنيدة ولكنها قطعه سكر"

أختي الصغرى، ورفيقتي دائمًا حيثما ذهبت، تقف جانبي ولا يخلو اجتماعنا من المناوشات والمشاجرات، ولكني أحبها حبًا شديدًا، أتذكر أنني كنت أول يد تحملها بعد ولادتها، أتذكر جيدًا عندما ذهبت إلى البائع وقلت له أعطني تمرة لأطعم أختي الصغيرة. حفظكِ الله وجعلكِ فخرًا لأهلك.

"أعشق التفاصيل"

أعشق مشاركته تفاصيل يومي؛ لكي أشعره أنني أود أن يكون معي في كل لحظة، أحب تعليقه على أحداث يومي ولكني أنزعج كثيرًا عندما أشعر أنه لا يود أن أشاركه أحداث يومي ولكنه وبطبعه الحسن عندما يشعر بحزني يسرع في تقبل يومي وأحاديثؤ المجنونة بعض الشيء.

"دكتورتي الغالية"

كلامها لين وروحها جميلة، لها رونق مختلف وطبع رائع للتعامل، أحب حديثها كثيرًا عن صغيرتها كوكو، وكيف أنها تشبه والدتها كثيرًا؟ أعشق ودها وطباعها وروحها وكلامها ومجالستها.

تخبرني عيوني أن أكف عن البكاء؛ فلم يعد بها ماء يخرج أصبحت دماء.

"عهدي أنا"

إنها عهد وزهرة تدعوها وعد، أتعلمين كم أحب الامتحانات؛ لأنها كانت أحد أسباب تعارفنا، كنت معي كثيرًا أعلم، وتدعميني لأكمل طريقي، ولا أتطلع للخلف ولدتك ودعواتها كم أشكر وجودكم بحياتي، فرب صديقة تكون لك أخت

أيام صعبة وظروف أصعب، وطوق النجاة الوحيد هو اليقين أن الله لن يضيعنا..

"رب أخت لم تلدها أمك"

عبارتي تنطبق عليكِ يا زهراء قلبي، من كانت لي سندًا عند المرض ولم تفارقني كما فعل الكثير، كنت بجواري تهاري بانهياري وتسعدي بسعادتي، وجودك وحده كافٍ لأكون بخير وسعادة؛ فكيف للمرء أن يحزن والله أعطاه صديقة صالحة، أعلم أنني كنت على حافة الموت ولم يفارق بيني وبينه سوى الدعاء؛ دعاء جدتك وغاليتي، ودعاء خالتك إيمان ودعاء جميع أهلك؛ فهذا ثمرة وجود الصحبة الصالحة؛ فحمدًا لله على نعمة وجودك.

"نهاية يومي"

ليت لوسادتي أن تخبركم كم ظرفت أدمعًا، وليت لشعري أن يخبركم كم تساقط حزنًا، وليت لوجهي أن يخبركم عما حل بي.

"من كان معه الله فمن عليه"

لنا عند الله حكمة و أنا أنتظرها لآخذ حقي ممن كان سببًا في أوجاعي وهمومي.

"صوت نبضاتي"

لو كان لنبضات قلبي صوت يُسمع عند قدومه؛ لانكشف أمري؛ فهنيئًا له بقلبي ونيس.